CHARRIÈRE

ÉCHOS

ET

SENTIERS

PARIS

E. DENTU, ÉDITEUR

LIBRAIRE DE LA SOCIÉTÉ DES GENS DE LETTRES

PALAIS-ROYAL, 15-17-19, GALERIE D'ORLÉANS

1879

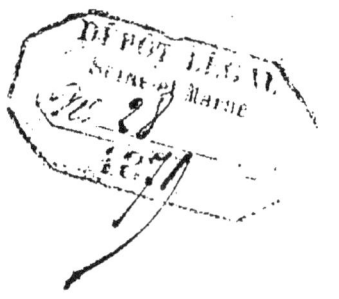

ÉCHOS & SENTIERS

F. AUREAU. — IMPRIMERIE DE LAGNY.

P. CHARRIÈRE

ÉCHOS

ET

SENTIERS

PARIS

E. DENTU, ÉDITEUR

LIBRAIRE DE LA SOCIÉTÉ DES GENS DE LETTRES

PALAIS-ROYAL, 15-17-19, GALERIE D'ORLÉANS

—

1879

LE SOUCI DES ÉLUS

Per me si va nell' eterno dolore.
(IL DANTE.)

Quand, fuyant son enfer aux tortures étranges,
Le Dante visita les célestes parvis,
Sa Béatrix, parmi les heureuses phalanges,
    S'offrit à ses regards ravis.

Son front resplendissait de sa beauté première,
Ses doux yeux rayonnaient d'une pure clarté ;
Cependant, sur ses traits une tristesse amère
    Dominait la félicité.

Et Le Dante lui dit : « O mon guide et ma Dame !
« Au séjour des élus, parmi les Bienheureux,
« Quelle mélancolie, en attristant votre âme,
    « A-t-elle assombri vos doux yeux ? »

« Ami, tandis qu'en bas dans les sombres demeures,
« Où les tient enchaînés la colère de Dieu,
« Ces damnés, pour lesquels ne comptent plus les heures,
      « Hurlent sous la neige et le feu ;

« Tandis que les sanglots, les cris et le blasphème,
« Dans un concert lugubre expriment la douleur,
« Penses-tu que mon âme, auprès de Dieu lui-même,
      « Puisse se livrer au bonheur ? » —

EN CAMPAGNE

A MONSIEUR LE COLONEL DE CH.

———

Le soleil est ardent, et l'étape est lointaine.
Dans un chemin poudreux qui traverse une plaine,
Un soldat passe seul ; son corps, lourd et penché,
Trahit l'accablement d'avoir longtemps marché.
Le vent, aussi brûlant qu'une haleine de forge,
Lui souffle la poussière et le feu dans la gorge,
Et la route à ses yeux déroule un long ruban
Qui disparaît au loin dans un vaporeux plan.
Enfin, après avoir cheminé dans le sable,
Franchi maint champ désert suivi d'un champ semblable,
Il trouve un frais vallon : Là, sous d'ombreux couverts,
Rit une maison blanche avec des volets verts.
Le brave paysan, qui rêvait sous son orme,
Est tout surpris de voir surgir un uniforme.
Il va vers le soldat : il lui presse la main ;

1.

Puis, de son humble seuil lui montrant le chemin,
Par un sentier, qu'abrite une épaisse charmille,
Il le mène à sa ferme. Aussitôt la famille
S'assemble, et d'un repas frugal fait les apprêts.
Le fils dans le cellier va querir du vin frais ;
Et sa sœur, blonde enfant au gracieux visage,
S'empresse d'apporter les fruits et le fromage.
— « Prenez ! lui disent-ils, d'un ton sincère et doux,
« Ce vin frais, ce pain blanc, ces raisins sont pour vous. » —
Et le soldat lassé mange et se désaltère.
Puis, remarquant qu'il est un objet de mystère
Pour ses hôtes naïfs, sans se faire prier,
Il conte longuement, sur un ton familier,
L'aspect de son pays, les mœurs de son village;
Et comment ses parents, seuls et brisés par l'âge,
Ont eu le cœur bien gros de le voir s'éloigner.
— « Je sais qu'aux lois du sort je dois me résigner ;
« Mais de soucis amers je porte un lourd bagage ! »
Alors les bonnes gens exhortent son courage :
— « Restez, lui disent-ils, chez nous jusqu'au matin,
« Vous ne pouvez ce soir rentrer au camp lointain. » —

Le doux ruissellement de l'eau sous le feuillage
Au soldat fatigué vante le frais ombrage ;
Les oiseaux dans le bois chantent la liberté ;
Dans la ferme, à l'abri des ardeurs de l'été,
Les hôtes bienveillants, d'une voix charitable,
Le pressent d'accepter le lit après la table ;

Enfin, autour de lui tout, par de doux propos,
Célèbre, en les offrant, les attraits du repos.

Et, d'un autre côté, sur la route brûlante,
Il se voit poursuivant sa marche lourde et lente :
Il arrive, en boitant, au camp pendant la nuit ;
Et là, pour tout repas, n'ayant qu'un dur biscuit,
Et pour tout matelas qu'un manteau militaire, —
Il tombe, en gémissant, tout brisé sur la terre.
Mais en vain son esprit évoque et lui fait voir
Tous les maux du chemin : L'inflexible Devoir
Lui dit d'une voix mâle et qui veut qu'on l'écoute :
« *Marche!* » — Et le voyageur lassé reprend sa route.

RAYON DE MAI

Sur le bord d'une source, à l'ombre d'un noyer,
Un nid mignon, bâti dans le sein d'un rosier,
Portait, frêle trésor, quatre œufs à marque bleue ;
Son gardien, un bouvreuil, sautait, hochant la queue,
Sur un buisson voisin, où sa robe, d'azur
Et de pourpre, éclatait sous le ciel clair et pur.
Au-dessus de ce nid, qu'abritait la feuillée,
Une rose s'ouvrait, encor toute mouillée
Des larmes du matin ; et, dans l'aurore en feu,
Resplendissait vermeil un sourire de Dieu.

BELLE DE NUIT

Son nom était Marie, et non pas Marion.
(A. DE MUSSET.)

Un tissu transparent comme une aile d'abeille
Voile à moitié sa gorge aux contours ravissants ;
Son œil noir étincelle, et sa lèvre vermeille,
D'un sourire lascif, semble dire aux passants :

— Approchez sans pudeur : Je suis la courtisane,
La Vénus des festins aux folâtres ébats;
Mon sein aux doux parfums est la coupe profane
Qui donne aux sens l'ardeur des amoureux combats. —

Mais tandis que sa voix, son regard et son geste,
Célèbrent à l'envi le vice corrupteur,
Contre leurs vils propos sa beauté qui proteste
Chante en versets brillants un hymne au Créateur.

La beauté de la forme aux grâces séduisantes
Par Dieu lui fut donnée en dot dans son berceau ;
Et malgré les baisers des lèvres flétrissantes
Du chef-d'œuvre divin son front garde le sceau.

Aussi, lorsque le soir sur ma route elle passe,
M'adressant un regard de pudeur dépouillé,
Rêveur épris du Beau, je suis parfois sa trace,
Pour lire un texte saint dans ce livre souillé.

L'ADIEU

A MADAME K.

———

L'enfant se meut toujours de l'un sur l'autre flanc
Sans trouver le repos. Dans son petit lit blanc,
Son visage empourpré par le mal qui l'assiège,
Semble un bouton de rose enveloppé de neige.
Son souffle est oppressé. Bientôt le médecin
Revient ; il le soulève un peu sur son coussin,
Et l'ausculte longtemps ; puis, secouant la tête,
En tournant le regard vers la mère défaite :
« Courage, hélas ! » dit-il ; « tout soin est impuissant,
« Et sans cesse le mal devient plus menaçant. » —
La pauvre femme alors se lève de sa chaise
Et s'éloigne à grands pas, pour sangloter à l'aise.
Elle entre dans sa chambre, et va, blême et sans voix,
Contempler à genoux la descente de croix :

— « O toi ! dont le front pâle et dont la lèvre amère

« Nous disent que tu sais ce que souffre une mère

« Lorsque, sous son regard, expire son enfant ;

« Toi qui vis sur la croix ton fils agonisant

« Redis-moi ta douleur, afin qu'elle m'inspire

« La force d'endurer mon horrible martyre... » —

Elle se lève enfin, en essuyant ses yeux,

Et revient vers l'enfant. Oh ! quel tourment affreux

De voir, n'y pouvant rien ! lutter sur cette couche

La vie à son matin contre la mort farouche !

Le front charmant blêmit sous les cheveux bouclés,

Le mal crispe et raidit les membres potelés,

Un râle convulsif soulève la poitrine,

Et s'échappe en sifflant à travers la narine.

Le regard s'obscurcit... la mort semble pourtant,

Comme pour se jouer, s'éloigner un instant :

Dans un de ces répits de la lutte dernière,

L'enfant tourne les yeux du côté de sa mère ;

Elle se penche alors vers le tendre mourant,

Qui, scandant chaque mot, lui dit en haletant :

— « Est-ce bien vrai, maman, qu'à notre mort, notre âme

« Pour s'envoler au Ciel, a des ailes de flamme,

« Ainsi qu'en souriant tu me l'as dis parfois ? » —

— « Oui mon fils », dit la mère accablée et sans voix.

— « Alors, si je mourais, puisque j'aurais des ailes,

« Je reviendrais te voir comme nos hirondelles ;

« Et toi, pour que je pusse entrer, à mon retour,

« Tu tiendrais la fenêtre ouverte tout le jour.
« Je te raconterais........ » Mais, déjà, sa parole
S'affaiblit par degrés, comme un son qui s'envole ;
Il se débat en vain contre un dernier hoquet...
Et la mère à genoux tombe sur le parquet !

MÉDAILLON

Blancs visages de vieilles femmes,
Traits que les ans ont sillonnés,
Doux regards calmes et sans flammes,
Tristes sourires résignés,

Moi je vous aime comme un livre
Où la main du temps a laissé,
Pour dire ce que c'est que vivre,
D'éloquents témoins du passé.

Vos longues rides, ces empreintes
De la joie et de la douleur,
Sont à mes yeux des lignes saintes
Qui disent l'histoire du cœur.

Ainsi la gaîté du jeune âge
Et les charmes de la beauté
Sont partis, comme le feuillage,
Par le vent d'Automne emporté.

Mais, dans leur touchante dépouille,
Dans ce corps faible et délabré,
L'âme qu'aujourd'hui rien ne souille,
Brille d'un éclat épuré ;

Et, se détournant de la terre,
Vos yeux, qui recherchent le ciel,
N'allument leur regard austère
Qu'aux rayons du jour éternel !

SOUVENIR DE LA ROCHE-GUYON

A MON AMI LOUIS DUVAL.

C'était un jour de juin, nous avions fui Paris.
Au lieu de ses maisons, sa foule et son ciel gris,
Nos yeux n'apercevaient que des routes désertes,
Des coteaux diaprés, de larges plaines vertes,
Et la Seine, qui baigne, au détour d'un vallon,
Le bourg riant et frais de *La Roche-Guyon*.
Alors pour visiter les versants et les cimes,
Aux premières clartés du matin, nous suivîmes
Le bon père « *Trognon* », un aimable vieillard,
Qui nous nommait les points qu'embrassait le regard :
— Voyez-vous ce rocher anguleux et blanchâtre?
« Dans le bourg que son flanc porte en amphithéâtre,
« On remarque, bronzé par le soleil et l'eau,
« Un vieux toit où logea le poète Boileau ;

« Ses vers à Lamoignon : « *La Campagne et la Ville* »
« Parlent de ce hameau, que l'on appelle *Hautile*. »
Et, tout en dissertant sur l'auteur du *Lutrin*,
Nous gravissions le dos d'un grand rocher voisin.
Sous nos pas, un chemin, ignoré du carrosse,
Serpentait. — C'est ici le sentier de la noce, —
Nous dit le bon vieillard qui marchait devant nous.
En entendant donner ce nom joyeux et doux
A ce chemin bordé de blé, de trèfle et d'herbe,
Je crus voir défiler, d'un pas lent et superbe,
Des villageois parés de rubans et de fleurs.
Ils étaient tout joyeux de leurs vives couleurs,
Et marchaient, triomphants, vers l'église voisine.
J'entendais l'heureux groupe à travers la colline
Jeter son bruyant rire aux échos d'alentour ;
Puis ils disparaissaient, deux par deux, au détour
D'un chemin que cachaient des halliers fantastiques ;
Et je pensais alors aux idylles antiques
Où, sous un ciel vermeil, prodigue de beaux jours,
Théocrite nous peint les rustiques amours.
— « Enfin, dit le vieillard, nous sommes au village
Où doit se terminer notre pèlerinage. » —
Quelques instants après, une barrière en bois,
Que sa main fit tourner, se fermait sur nous trois :
— « Vous voyez, nous dit-il, mon humble maisonnette. »
Nous franchîmes le seuil ; une propre chambrette
Sembla nous accueillir d'un air hospitalier.
— « Reposez-vous ; je vais chercher dans le cellier

«D'un vieux cidre mousseux deux bonnes grosses pintes.»
Sur un humble dressoir, quelques assiettes peintes
Çà et là s'étalaient; en face du foyer,
Le fromage et le pain, sur la table en noyer,
S'assortissaient gaîment aux verres, aux bouteilles.
Notre hôte reparut. — « En voici deux de vieilles? » —
Dit-il en débouchant le cidre au jet mousseux.

Nous avions cheminé dans des sentiers poudreux;
L'ardent soleil de juin, ainsi qu'un feu de forge,
Nous humectait le dos et desséchait la gorge;
Et ce cidre écumeux, pétillant, frais et clair,
Nous sembla du nectar offert par Jupiter.

DERNIÈRE LUTTE

A MONSIEUR E. P.

En Crimée, à l'Alma, sur le champ de bataille,
Un des nôtres, plus grand du cœur que de la taille,
Gisait dans un sillon, l'œil ouvert à demi,
Et semblait menacer encore un ennemi.
Il était mort pourtant : par sa poitrine ouverte,
Tout son sang avait fui rougissant l'herbe verte.
Mais, la veille, tandis qu'il haletait, mourant,
Un gigantesque oiseau, vers la proie accourant,
Tournoyait près de lui; déjà, dans sa spirale,
Il frôlait ce blessé que suffoquait le râle,
Et qui voyait doubler le voile de la mort
Par l'ombre d'un vautour; alors dans un effort
Suprême, recueillant sa dernière énergie,
D'une main convulsive, et par le sang rougie,

Il étreignit au cou l'horrible carnassier,
Et mourut, en tuant cet ennemi dernier !

Et ceux qui traversaient la plaine de carnage
Admiraient ce soldat, au suprême courage,
Qui tenait près de lui, rigide et solennel,
Le vautour étranglé d'un effort éternel !

LE COUCOU

A MADAME C. D.

———

Au coin du feu, seul, l'autre jour,
En bravant la bise et la neige,
Distrait, je songeais tour à tour
Aux plaisirs, aux tourments... — Que sais-je !
Quand, tout à coup, un léger bruit
Vient résonner à mon oreille;
Je lève la tête et m'éveille.
C'était le coucou qui chantait minuit.

— Ironique compteur du temps,
Lui dis-je, ta voix ne peut-elle
Rappeler, pour quelques instants,
Du passé la suite éternelle?
L'aiguille à peine eut fait un pas

2.

Sur les soixante de sa route
Que ce coucou, qu'encor j'écoute
Ainsi conta nos destins d'ici-bas :

— Un jour, c'est un souper d'amis :
Tous jeunes et vaillants convives ;
La gaîté dans leur cœur a mis
Ses plus joyeuses perspectives.
« Aimons ! disent-ils, et vivons ! »
Leurs ris emplissent la demeure :
Et ma voix, en leur comptant l'heure,
Eut pour écho de folâtres chansons.

Plus tard, sous un long voile blanc,
C'est une svelte jeune fille.
Bientôt le mari, tout tremblant,
Enlève couronne et mantille ;
Il dévoile le fin contour
D'un sein pur ; sa lèvre l'effleure...
Et mon chant, en leur comptant l'heure,
Eut pour écho de doux propos d'amour.

Une autre fois, des voix, du bruit,
Des pas pressés, des mots d'alarmes,
Résonnent soudain dans la nuit ;

Mais bientôt, succédant aux larmes,
Un cri, par la joie amené,
Annonce une phase meilleure :
Et mon chant, en leur comptant l'heure,
Eut pour écho la voix d'un nouveau-né.

Enfin, un jour, sortant d'un lit,
Une voix, lente et chevrotante,
D'abord s'élève et puis faiblit ;
Bientôt, auprès d'une mourante,
Grands et petits, jeunes et vieux,
Tout le monde s'empresse et pleure :
Et ma voix, en leur comptant l'heure,
Eut pour écho de sanglotants adieux.

Ainsi, dans l'éternel chemin,
Que forme la circonférence,
Hier, aujourd'hui, comme demain,
Tout marche, arrive et recommence :
Les astres, sur leur char de feu,
L'homme sur celui de la vie...
Dans l'heure par l'heure suivie
Je fais aussi ma route. — Adieu !

JOUR D'AUTOMNE

Déjà la nue intense et grise
Couvre souvent le ciel vermeil,
Et le souffle aigu de la bise
Combat les rayons du soleil.

La rouille dans le vert des arbres
S'étend chaque jour plus avant,
Et mainte feuille, autour des marbres,
Tombe en spirale, au gré du vent.

Les hirondelles assemblées
Sur les chapitaux à l'écart,
Pour prendre bientôt leurs volées,
Arrêtent l'ordre du départ.

Aux champs, pleins de mélancolie,
Les vignes au tons rouges d'or
Perdent leur feuille qu'ont pâlie
Les doux baisers de Fructidor.

Dans le vallon, déjà la brume
Se condense quand vient le soir;
Et sur le coteau le toit fume
Ainsi qu'un pieux encensoir.

Près du château, sous la charmille,
Se promène très lentement
La frêle et douce jeune fille
Qu'on entend tousser sourdement.

Dieu pour elle et pour la nature
Prépare un long voile de deuil ;
A l'une c'est la neige pure,
A l'autre le drap du cercueil.

Mais tandis que, sombre mystère,
La mort rendra l'âme à l'éther,
Dans le sein obscur de la terre
Les os et le sang et la chair,

Par la loi des métamorphoses,
Au printemps prochain nourriront
Les lis, l'hyacinthe ou les roses
Qui sur la tombe fleuriront.

A LA FIERTÉ

———

Oh ! la noble fierté, ce n'est pas l'arrogance
Du sot présomptueux gonflé de suffisance ;
Ce n'est pas le manteau luxueux ou rapé
Dont l'orgueil pauvre ou riche est constamment drapé ;
Ce n'est pas du pédant la dédaigneuse mine :
C'est cet instinct qui fait que, semblable à l'hermine,
L'homme, pour fuir la fange et ne pas s'avilir,
Reste sur les sommets, quoi qu'il puisse en souffrir;
Voyez, dans un grenier, ce jeune homme au teint blême:
Pour lui le ciel est noir, la vie est un carême,
La pauvreté l'étreint de son poignet de fer.
Quelquefois, quand, songeant à son destin amer,
Il compte tous ses maux dans sa pénible veille
Il entend une voix lui glisser à l'oreille :
— Si tu veux loin de toi chasser la pauvreté,
Pourquoi ne sais-tu pas plier ta volonté

Aux lois qu'aux malheureux impose l'infortune ?
Pour bannir sans retour la misère importune
Et s'enrichir, souvent il suffit de savoir
Transformer sa pensée en aimable encensoir.
Alors, l'infortuné qu'opprime la détresse
Se promet d'écouter cette voix qui le presse.
— Eh bien ! soit ! pense-t-il ; demain, sans plus tarder,
En bravant mon dégoût, je vais m'accommoder
A l'asservissement que le monde réclame !
Mais à peine a-t-il fait ce projet dans son âme
Que, pendant l'insomnie, ainsi qu'un malfaiteur
Il entend du remords l'accent accusateur :
— Ainsi donc j'oserais, parce que la misère
Un peu trop fort parfois me presse dans sa serre,
Courtisan sans pudeur de quelques sots puissants,
Transformer ma pensée en hypocrite encens ?...
O sévère fierté ! belle et noble déesse !
Que ton austère voix me rappelle sans cesse
Que les mâles pensers n'existent pas sans toi,
Et que nul cœur n'est grand s'il ne garde ta loi !

EN RETRAITE

LE LENDEMAIN DE LA BATAILLE DU MANS

———

Bise, dont la voix murmurante
Pleure ce soir dans les rameaux,
Toi qui voles d'une aile errante,
A travers vallons et coteaux,

Tu trouveras sur ton passage
Des champs dévastés et déserts,
Où du canon comme un orage
L'écho gronde encor dans les airs.

Vêtus de lambeaux d'uniformes
Par la boue et le sang souillés,
Là dorment nos soldats informes
Que les obus ont mitraillés.

Leurs faces ont des teintes vertes,
Leurs yeux sont caves et flétris ;
Pourtant leurs lèvres entr'ouvertes
Semblent dire encore : « A Paris ! »

Alors, de tes chants lents et graves
En berçant leur dernier repos,
Bise, tu diras à ces braves,
Sur le ton des mâles propos :

— Dans le calme et la nuit profonde,
Sur votre sanglant oreiller,
Sans plus de soucis de ce monde,
En paix vous pouvez sommeiller !

Car si vos frères ont fait trêve
Sous les coups du sort éhonté,
C'est pour mieux aiguiser le glaive
Qu'ils ont pris à votre côté ! —

SOUVENIR D'AMITIÉ

Il était souffreteux, contrefait et chétif ;
Mais ses petits yeux bleus, son air doux et craintif,
D'un charme délicat animaient son visage.
La nature, par un singulier assemblage,
Avait en lui su joindre aux pauvretés du corps
De la beauté du cœur les plus charmants trésors.
Son âme était la fleur qui, vers l'azur tournée,
Ne cherche, pour remplir son humble destinée,
Qu'à donner son parfum en s'ouvrant au soleil.
Son sourire était gai comme un matin vermeil ;
Mais lorsqu'on observait sa mine délicate,
Ses traits fins et nerveux, son front de pâleur mate,
On devinait alors un être condamné
A ne pas vaincre, hélas ! un sort infortuné.
Bientôt le mal fatal dont il portait le germe
Eclata tout à coup, et la vie à son terme
Marcha, comme l'oiseau, d'un vol précipité,

S'enfuit avec un plomb mortel dans son côté.
J'allai le voir souvent sur son lit d'agonie.
Ses traits qu'avait creusés une longue insomnie
Offraient les durs contours de la tête de Mort.
Les yeux étaient flétris. Dans un pénible effort,
Le poumon aspirait brusquement son haleine.
Un soir que je restais muet et plein de peine
Devant ce noir tableau du triste sort humain,
D'un geste doux et lent il me tendit la main.
— La fin du mal, dit-il, se fait longtemps attendre. —
Sa voix, quoique affaiblie, était tranquille et tendre.
Je suffoque le jour dans cet air sans soleil,
Et voilà bien des nuits, que chassant le sommeil,
Un cauchemar de plomb m'écrase la poitrine.
Pour distraire ma veille incessante et chagrine,
Je tourne mes pensers vers un monde idéal.
Le nôtre maintenant me semble un carnaval
Où la passion meut d'invisibles ficelles
Qui commandent la vie à des polichinelles.
Je vais vous raconter un songe que j'ai fait.....
Mais, sa voix, tout à coup, comme s'il étouffait,
S'éteignit brusquement dans un spasme terrible ;
Et sa mère accourut. Pour qu'il fût plus paisible,
Je crus devoir partir, et lui pressais la main.
N'oubliez pas, dit-il, de revenir demain.

Le lendemain, à peine eus-je franchi la porte,
Que je m'arrêtais court : Une figure morte

S'offrit à mes regards sur le blanc oreiller.
Les yeux à moitié clos, il semblait sommeiller
Et demander de l'air par sa bouche entr'ouverte ;
Mais les traits alanguis de cette face inerte
Ayant pris dans la mort l'immuabilité,
Offraient l'auguste aspect de l'immortalité.

Sâdi conte qu'un jour il trouva sur sa route
Un arbuste inconnu — sombre et triste, sans doute,
Qui répandait dans l'air, par un don singulier,
Le doux parfum des fleurs que porte le rosier.
Le poète voulut savoir par quelle cause
Ce pauvre arbuste avait le parfum de la rose.
Et celui-ci lui dit : — « Aux beaux jours de l'été,
« Un rosier, frêle et fier, vivait à mon côté.
« Tant que les doux zéphirs caressèrent nos plaines
« Du souffle délicat de leurs tièdes haleines,
« Que le matin vermeil embellit l'Orient,
« Son front épanoui s'éleva souriant,
« Et nous fûmes amis ; or, un jour la tempête
« Eclata ; sur ma branche il appuya sa tête.
« Il fut malgré mes vœux par l'orage emporté,
« Et de ce cher absent le parfum m'est resté. »

UNE MÉPRISE

Madame, quand la nuit a vêtu toutes choses
De son grand voile gris propre aux métamorphoses,
Dans les passants furtifs parfois nous croyons voir
Des êtres familiers. C'est ainsi, l'autre soir,
Quand, fantôme élégant, au détour d'une rue,
Dans l'ombre tout à coup vous m'êtes apparue,
Qu'il m'a semblé revoir l'allure et le maintien
D'une taille et d'un pas que je connais fort bien.
Vous étiez donc, madame, une personne chère
Pour moi, — charmante et sage autant que familière ; —
Et comme un vieil ami que l'on revoit soudain,
D'un geste sans façon je vous donnai la main.
Mais, lorsque m'approchant, je voulus malgré l'ombre
Voir les yeux bleus connus, votre œil brillant et sombre
Dissipa d'un rayon le quiproquo moqueur.
Et devant vos cheveux noirs et votre air rieur,

3.

Devant vos traits charmants où les lis et les roses
Étalaient à l'envi leurs corolles écloses,
Je gardai, je l'avoue, un air gauche et surpris,
Comme un pâtre empressé qui, sous des bois fleuris,
En se penchant rêveur a, d'une main distraite,
Pour un myosotis pris une violette.
Mais puisqu'un cher hasard, madame, m'a permis
De croire, grâce au soir, que nous étions amis,
N'accepterez-vous pas que cela se prolonge
En face du soleil? Et faisant du mensonge,
Naître la vérité, ne pourrai-je demain
Comme un ami connu vous redonner la main?

TONS MOROSES

Le ciel était terne et maussade ;
C'était à peine si parfois,
Froid, comme un regard de malade,
Un rayon éclairait le bois.

Sous des pins, droits comme des grilles,
Aux pieds desquels un tapis gris
S'était formé de leurs aiguilles,
Je vins me coucher et j'ouvris

Le livre aux pages éplorées,
Où l'infortuné *Pellico*
Compte tant d'heures dévorées
Dans quatre murs noirs sans écho ;

Et comme je fermais le livre
Sur les plaintes *d'Oroboni*,
Qui rappelle, en cessant de vivre,
Son printemps si vite fini,

Je crus entendre sur ma tête
Le pin au branchage mouvant
Murmurer, d'un ton de prophète,
Ces phrases, qu'emportait le vent :

— O sort cruel et misérable !
Je vois le bûcheron vainqueur ;
Déjà sa hache inexorable
Me pénètre glacée au cœur ;

Le feu va dévorer mes branches,
Et par le fer, mon corps fendu,
Emprisonnera dans les planches,
Cet homme à mes pieds étendu.

VILANELLE

A MONSIEUR ET MADAME A. SIMIOT.

———

Décembre règne ; et dans l'air,
    Froid et clair,
Du haut du ciel pur, la lune
Met un fin voile d'argent
    Transparent,
Sur le front de la nuit brune.

Là-bas, dans d'étroits sentiers
    D'églantiers,
Un gai joueur de musette
Prodigue à tous les échos
    Des duos
Que le val au loin répète.

Par les accords caressé
Et bercé,
Son esprit enchanté rêve
Au bal de la fenaison,
Où Suzon
Vint danser, belle comme Ève.

Il voit encor ses yeux noirs,
purs miroirs,
Astres que l'amour allume ;
Et son corsage coquet,
Qu'un bouquet
De roses orne et parfume,

Il la voit danser en rond,
D'un pied prompt ;
Et le rythme plus sonore
Presse et berce en ses accords
Ce beau corps
Qui fuit, tourne et tourne encore.

— Comme ce léger zéphir,
Doux soupir
Du bois muet qui sommeille,
Que ne puis-je m'envoler,
Lui parler
Tout doucement à l'oreille ?

Ah ! si je pouvais sans bruit,
    Dans la nuit,
A cette heure où tout repose,
Unir délicatement,
    En amant,
Ma lèvre à sa bouche rose !

Patience ! pour la voir,
    J'ai l'espoir
D'aller Dimanche à la messe
Auprès d'elle me placer,
    Et glisser
Ma prière à son adresse.

Et tandis qu'il rêve ainsi,
    Sans souci,
Aux doux charmes de Suzette,
Il arrive sous l'ormeau
    Du hameau,
Au seuil de sa maisonnette.

UN CARBONARO

A LA FORTERESSE DU SPIELBERG

A travers les barreaux d'une étroite fenêtre,
Un rayon de soleil dans un cachot pénètre ;
Et sur un noir grabat détache en l'éclairant,
Dans l'ombre, le front blême et grave d'un mourant.
La souffrance a creusé lentement ses traits hâves,
La vie est concentrée au fond de ses yeux caves,
Et, pâli par les maux dont il est torturé,
Son maigre visage offre un aspect éthéré.
Un autre prisonnier veille auprès de sa couche :
C'est un dernier ami qui reçoit de sa bouche
Les suprêmes adieux ; frappé d'un deuil profond,
Il écoute, muet, la voix du moribond.

— Maintenant que la main de la mort me délivre
Du lourd fardeau du corps et du tourment de vivre,

Les jours de mon printemps viennent me visiter,
Ainsi que des amis qu'on est prêt à quitter.
Quels chants insouciants, quels hymnes d'allégresse,
Jettent à tous les vents les ans de la jeunesse !
C'est le bois plein d'oiseaux, d'autant plus regretté,
Que vers un champ désert on arrive emporté !
J'étais le voyageur jeune et plein d'espérance :
Dans un joyeux chemin fièrement il s'avance.
Son front est caressé des brises du matin,
L'aurore souriante embellit son destin ;
Il a l'espoir dans l'âme, un refrain sur la lèvre,
Et marche tourmenté par cette noble fièvre
Que donne au cœur, épris de toute pureté,
La soif de la justice et de la liberté.
Liberté ! liberté ! c'est pour t'avoir chérie,
C'est pour avoir voulu te rendre à ma patrie,
Que, captif et martyr de tes tyrans jaloux,
Froid et vieux à trente ans, je meurs sous les verrous.
Je meurs ! Oh ! torturé dans cette solitude,
De songer à la mort j'avais pris l'habitude ;
Je l'évoquais souvent, pour bien m'apprivoiser,
Au terrible contact de son affreux baiser ;
Et pourtant, en voyant, dans ce froid cimetière,
A travers mes barreaux, ma demeure dernière,
Oh ! je l'avoue, il m'est bien amer de songer
Que je vais dormir là sous ce ciel étranger !
Si ma dépouille au moins était ensevelie
Dans le sein bien-aimé de ma belle Italie,

Sans doute je pourrais sans regrets sommeiller,
Avec le sol natal pour dernier oreiller !
Oh ! oui ! pour moi, la mort serait bien moins cruelle
Si je pouvais revoir la maison paternelle,
Embrasser tous les miens, entendre leurs adieux,
Et savoir que leurs mains me fermeraient les yeux !
Une larme glissa sur son pâle visage ;
Il chercha de la main, pour reprendre courage,
Un petit crucifix à son cou suspendu ;
Et le fixant alors d'un regard éperdu,
Il dit en l'embrassant : Ami divin ! pardonne
Si mon âme à l'effroi du trépas s'abandonne !
Mais comment, sur les bords de ce gouffre sans fond,
Ne sentirais-je pas l'horreur glacer mon front,
Quand toi-même, malgré ta grande âme divine,
Sentant la mort, ô Christ ! étreindre ta poitrine,
Tu fuyais du regard son aspect redouté,
T'écriant : *Transeat à me calix iste!*
Mais aussi, comme toi, pour parole dernière,
A Dieu, du fond du cœur, je m'écrie : O mon Père,
Je vous offre humblement et ma vie, et mes maux,
Et demande en mourant pardon pour mes bourreaux.

Quelques mots, agitant encor sa lèvre blême,
S'éteignent par degrés dans le râle suprême ;
Un silence... un soupir... c'est l'instant solennel
Où la vie accomplit son arrêt éternel !

RETOUR DES CHAMPS

A MONSIEUR ET MADAME F. MUET.

———

Le gai soleil d'avril a quitté l'horizon,
C'est l'heure où, délaissant les champs pour la maison,
Les paysans lassés regagnent le village.
Celui-ci, tout courbé par un dur labourage,
Vers la grange ramène, à pas lourds, ses deux bœufs
Qui marchent lentement dans des chemins herbeux.
Celui-là vient portant sur l'épaule une bêche.
L'air est pur ; du printemps, l'haleine douce et fraîche,
S'exhale des bois verts et des gazons fleuris ;
Et déjà du couchant, perçant les voiles gris,
Vesper luit, précédant le croissant de la lune.
Là-bas, dans un sentier blanc sur la terre brune,
Apparaît une femme allaitant un enfant.
Un autre à son jupon s'accroche, triomphant.

Soudain, dans le vallon, muet et solitaire,
La cloche dit l'adieu du soleil à la terre ;
Et la mère et l'enfant, d'un accent incertain,
Récitent gravement l'*Angelus* en latin.
Enfin, dans le village, un toit de chaume fume ;
Bientôt chaque foyer à l'horizon s'allume,
Et dans la nuit sereine, à ces terrestres feux,
Répondent par milliers les astres dans les cieux.

A TRAVERS LES BRUMES

——— —

Prends, ce soir, Muse, ta volée
Vers un pays loin du soleil,
Auprès d'une blonde exilée,
Au frais visage, au teint vermeil.

Tu la reconnaîtras sans peine
A son profil vénitien,
A ses cheveux de Magdeleine,
Qui font penser au Titien.

Dans son esprit, la grâce attique
S'arme d'un aiguillon moqueur,
Mais son sourire sympathique
Révèle les bontés du cœur.

Donc, à cette heure où tout sommeille,
Va lui parler; et que ta voix
Soit aussi douce à son oreille
Que les soupirs légers du bois.

Répète-lui tout bas les choses
Qu'aux astres chante le grillon,
Que les sylphes content aux roses,
Qu'aux bluets dit le papillon.

Berce-la comme la sirène
Berçait par son chant, sur les flots,
Dans la nuit tranquille et sereine,
Le doux sommeil des matelots.

Et quand la clarté diaphane
De la lune sur l'horizon
Rappellera l'heure où Diane
Reposait près d'Endymion,

Ainsi que sur la fleur éclose
On voit l'abeille se poser,
Que ta lèvre à sa bouche rose
Prenne, ô Muse! un chaste baiser.

Et qu'enfin, ton aile m'apporte,
En reprenant vers moi l'essor,
Le doux parfum de la fleur morte
Dans les flots de ses cheveux d'or!

———

MADRIGAL

Alice, la beauté qui, sur ton front rayonne,
Te soumet bien des cœurs captivés par l'amour ;
Quand tu parais la foule aussitôt t'environne ;
Tu nous sembles, ayant la grâce pour couronne,
Une reine charmante au milieu de sa cour.

Et pourtant, si demain quelque orage funeste
De ta grâce craintive allait flétrir les fleurs,
Et faire, hélas ! de toi l'églantier dont il reste,
Sans la rose, un rameau, tu verrais, d'un pied leste,
Les amoureux porter leurs hommages ailleurs !

Or, moi, quand tu serais une débile aïeule
A la face ridée et pâle, aux cheveux blancs,

Qui n'a que l'amitié de sa vieille épagneule,
Et qui, lorsque tout rit, demeure à l'écart seule,
Ou vers l'autel de Dieu s'avance à pas tremblants,

Je t'aimerai toujours ! et jusqu'au bout du monde !
Sur les vieux ans, l'ami remplacerait l'amant ;
Car ce que j'aime en toi, c'est moins ta gorge ronde,
Moins ton front gracieux, ta chevelure blonde,
Que ton cœur délicat et ton esprit charmant.

CHEZ UN SABOTIER

SOUVENIR DE L'ARMÉE DE LA LOIRE.

La neige nivelait les fossés et la route,
Deux mobiles, perdus, le soir, dans la déroute,
Vinrent frapper au seuil d'un modeste réduit,
Dans l'espoir d'obtenir un abri pour la nuit.
En ce pauvre logis, un vieil homme et sa fille,
Près d'un feu de sarments qui flamboie et pétille,
Causaient entr'eux. Le père exerçant son métier,
Taillait un bloc de bois ; il était sabotier.
—Mes enfants, nous n'avions pour nous, dit le brave homme,
Que la soupe, le pain et le vin ; mais, en somme,
Puisque chez nous le sort vous conduit si loin,
Nous saurons, Marthe et moi, fouillant dans chaque coin,
Préparer, je l'espère, un repas acceptable. —
On se presse la main. De la huche à la table,
Marthe va, vient, revient, portant à chaque fois

4.

Tantôt du pain, des œufs, des rillettes, des noix.
Le père jette encor des sarments sur la braise.
Nos soldats, qu'un accueil cordial met à l'aise,
Posent sac et fusil, tournent au feu le dos.
Heureux d'être affranchis enfin de leurs fardeaux.
Puis on se met à table, on boit, on se déride;
On oublie en buvant le conquérant perfide;
Car un petit vin blanc donne à nos compagnons
Un entrain à braver Guillaume et ses canons.
— Va, Marthe, mon enfant, cherche au fond de l'armoire
Cette fine liqueur, si savoureuse à boire,
Que tu fis à l'automne avec les coings dorés
Qu'on voyait dans l'allée au-dessus de nos prés. —
Marthe avait dix-huit ans, le teint frais, les dents blanches,
Des yeux aux cils de jais, bleus comme des pervenches,
On eût dit une enfant s'échappant d'un tableau
Où Greuze eût mis tout l'art naïf de son pinceau.
Comme un bambin charmant, curieux et qui n'ose,
Elle risquait un mot, dans son sourire rose,
Afin de provoquer quelques détails nouveaux.
Sur le métier des camps et ses rudes travaux :
— Ainsi donc, vous dormez tout à la belle étoile? —

— Oui! nous fixons au sol notre tente de toile;
Le soir on nous remet à chacun un biscuit,
Et du bœuf quelquefois; et, pour passer la nuit,
Nous avons le manteau, le sac, un peu de paille,
Sur lesquels nous rêvons quelque horrible bataille, —

— La bataille ! Oh ! cela doit être bien affreux ?

— Le matin de Coulmiers, par un ciel nuageux,
Nous étions dans un bois entourant une grange;
Les obus parmi nous tombaient, et, dans la fange,
Plus d'un soldat roulait sans s'être défendu :
Fusils contre canons, c'eût été temps perdu !
Enfin le général, tout honteux de nos rôles :
— Est-ce que nous allons permettre que ces drôles
Nous assassinent tous, ainsi, tranquillement ?
Allons, sabre au canon! dit-il, et vivement!
Alors, comme un troupeau de bêtes qu'on déchaîne,
Quatre ou cinq régiments, se ruant dans la plaine,
Marchèrent vers le bois d'où sortaient des éclairs...
Vous avez vu, parfois, grondant au sein des airs,
Un orage en juillet, quand la grêle sur terre
Tombait plus fort après chaque coup de tonnerre ?
Eh bien ! c'était pareil. De sombres grondements,
Qu'entrecoupaient parfois d'horribles craquements,
Imitant d'un peu loin la toile qu'on déchire,
Répandaient dans nos rangs la mort et le martyre.
Enfin, ceux d'entre nous qui sont restés debout
Vont vers le bois, fusil en l'air et sabre au bout ;
Alors le canon cesse, et soudain la tuerie
Corps à corps se transforme en une boucherie.
Le sang, partout le sang s'échappe et coule à flots ;
Les appels des mourants, les cris et les sanglots
Éteignant la raison, aveuglent l'âme humaine !

La rage dans nos cœurs commande en souveraine,
Et devant nous bientôt, — Hélas ! pour une fois, —
Les Allemands battus, abandonnant le bois,
Nous laissent triomphants sur le champ de bataille. —

— Moi, — dit l'autre soldat, — derrière une muraille,
Je pouvais, à l'abri, bien tirer sans danger.
Lorsque tout fut fini, dans un coin de verger,
Parmi des Allemands morts et d'affreuse mine,
J'en vis un dont la main, — une main blanche et fine, —
Tenait un médaillon tout étincelant d'or.
Je puis vous le montrer, car je le garde encor.
Et le soldat sortit promptement de sa poche
Un petit médaillon fixé sur une broche.
On voyait un portrait enchâssé dans son sein :
Une tête d'enfant aux traits d'un pur dessin,
Aux cheveux d'or bouclés, aux yeux d'un bleu suave,
Rayonnait sous le verre. Atteint par un coup grave,
Le père avait voulu contempler en mourant
Ce chérubin chéri, blond, rose et souriant.
Marthe, émue, observait longuement la relique.
Puis, voulant éviter d'être mélancolique :

— Et le soir de ce jour avez vous bien dormi ?
Dit-elle aux deux soldats. — Non, certes ! L'ennemi
Nous avait, bien qu'il fût battu par nous la veille,
Laissé d'amers motifs de soucis et de veille ;
Puis, nous étions couchés sans lit dans un grenier.

Eh bien, ce soir, au moins, leur dit le sabotier,
Vous aurez un bon lit, tout plein de plume fine.
Il est grand et bien clos ; on voit sur la courtine
Des dessins de la Bible : Agar dans le désert,
Rebecca faisant boire à l'urne Eliézer ;
Et quand de ces rideaux les anneaux jaunes glissent,
Sur la tringle où leurs lais largement se déplissent
On se trouve enfermé, loin du jour, loin du bruit,
Et des songes riants enchantent votre nuit.
Mais il est temps d'aller faire un somme paisible,
Car votre étape, enfants, sera longue et pénible ;
On compte bien des pas d'Amboise jusqu'à Tour,
Et vous n'aurez pas trop de repos jusqu'au jour.

— Brave homme, votre honnête et loyale parole
Fait oublier nos maux ; votre accueil nous console
De bien des gens sans cœur, honte du nom français.
La lutte nous attend ; peut-être le succès
Va nous sourire enfin ; peut-être notre tête
Sanglante dormira sur un champ de défaite.
Dieu seul, en ce moment, connaît notre avenir ;
Mais daignez accepter, comme un bon souvenir,
Ce petit médaillon pris au champ de bataille ;
Vous direz, le montrant fixé sur la muraille :
— C'est un legs qu'ont laissé, témoin de notre accueil,
Deux humbles défenseurs de notre France en deuil. —

EPHÉMÈRE

A. P. BEAUVALLET

———

Un moucheron, aux couleurs vives,
De vert, d'or et de bleu moiré,
Voltige au soleil sur les rives
D'un petit étang ignoré.

Tantôt le sein d'une pervenche,
Tantôt la fleur des églantiers,
Le calice d'un lis qui penche,
Forment ses palais familiers.

La corolle blanche est la voûte,
Le pistil jaune est le pilier
En or massif; car rien ne coûte
Au printemps, ce fin joaillier.

Il cisèle, surprême artiste,
Dans la fleur d'or ou de corail,
De belles urnes d'améthyste,
Des amphores de pur émail.

Près de la chute d'eau qui pleure,
L'insecte visite en son vol,
Et prend tour à tour pour demeure
Chaque plante émaillant le sol.

La feuille, tapis de verdure,
Est une prairie à ses yeux ;
La rosée arrondie et pure
Est un océan dans les cieux.

Il respire sous les anthères
Un parfum sans cesse changeant,
Et boit le miel pur des nectaires
Dans des urnes d'or et d'argent

Ce fils ailé de la lumière
Doit expirer quand naît la nuit ;
Mais avant son heure dernière,
Pour mourir sans faste et sans bruit, —

Il a pris le sein d'une rose,
Qui sur son corps s'est refermé ;
Et là, pour toujours, il repose
Dans ce sanctuaire embaumé.

———————

MISERERE

Vous êtes la force suprême
Dieu juste et bon en qui j'ai foi :
Ma faiblesse, hélas! est extrême :
Seigneur ayez pitié de moi !

Pour vous, rien ne borne l'espace ;
Dans l'infini vous êtes roi :
Un point sur la terre est ma place :
Seigneur ayez pitié de moi !

Vous êtes la vie immortelle :
Dans un instant rempli d'émoi,
La mort étend sur moi son aile :
Seigneur ayez pitié de moi !

Votre esprit gouverne et pénètre
L'univers, ses causes, sa loi :
Je ne puis même me connaître :
Seigneur ayez pitié de moi !

La vérité, rayon sans ombre,
Vous fait un jour pur, sans effroi :
Je vis tremblant dans la nuit sombre :
Seigneur ayez pitié de moi!

Les chœurs, montant vers votre trône,
Disent : l'univers est à toi!
Tout mon bien est dans votre aumône,
Seigneur ayez pitié de moi!!

REGRET

Couchés dans leur linceul...
(A. BRIZEUX.)

Les lignes de nos deux visages
Et les accents de nos deux voix
Se ressemblaient comme deux pages
Portant même texte à la fois.

Comme se répondent deux rimes,
Dans nos actes, dans nos propos,
Chacun de ses pensers intimes
Trouvait chez l'autre les échos.

Pour supporter l'humain voyage,
Par le même devoir liés,
Nous possédions double courage
Etant l'un sur l'autre appuyés.

Or, malgré sa verve joyeuse,
Malgré ses muscles de vingt ans,
Malgré son âme radieuse,
Malgré l'espoir de son printemps, —

Comme dans sa fureur, l'orage
Prend l'arbuste qu'il a brisé,
La mort l'a pris, pleine de rage,
Après l'avoir martyrisé !

Oh! dans les heures d'insomnie,
Bien souvent j'entends et je vois
Les sourds hoquets de l'agonie,
Un visage blême et sans voix !

Mais enfin, dans un champ rustique,
Maintenant pour toujours il dort,
Bercé par la plainte mystique
Des herbes sous le vent du nord ;

Tandis que moi, souffrant l'épreuve
Des jours qu'ici Dieu m'a comptés,
Je laisse errer mon âme veuve
Vers les chemins désenchantés !

A UNE VOYAGEUSE AGÉE DE DEUX MOIS

PARTANT AVEC SON PÈRE POUR L'ÉGYPTE

———

Dans ton berceau, douce et mignonne,
Comme dans son nid l'oiselet,
Avec tes yeux que tout étonne,
Ta lèvre humide encor de lait, —

Tu sembles sourire au mystère
De la lumière et des couleurs,
Sans souci du destin sévère
Qui, plus tard, pour tous, a des pleurs.

Demain, loin des limites bleues
De nos horizons les plus clairs,
Tu vas, franchissant bien des lieues,
T'éveiller par delà les mers :

Que pour cet immense voyage,
Le ciel, joyeux de l'Orient,
Te préserve de tout naufrage ;
Qu'il soit pour toi toujours riant !

Là-bas, sur la plage marine,
Les ardents rayons du soleil
Mettront leur feu dans ta poitrine,
Et leur or sur ton front vermeil.

Et lorsqu'à l'aube de la vie,
Aux songes divins du printemps,
Ton âme s'ouvrira, ravie,
Dans la fleur de ses dix-huit ans,

Lorsque tu seras belle et forte,
Nous, couronnés de cheveux blancs,
Au soleil, devant notre porte,
Nous chaufferons nos corps tremblants.

Nous serons pareils à la vigne ;
Lorsqu'a soufflé le vent du nord :
Sous la neige elle se résigne
Tristement au froid qui la mord ;

Tandis qu'elle est nue et chétive,
Ses chers rejetons, ses rameaux,
Font une chaleur douce et vive
Aux joyeux foyers des hameaux ;

Et son vin, à la flamme blonde,
Met l'ivresse dans tous les cœurs ;
Par lui les chansons à la ronde
Vers le ciel s'envolent en chœur.

Alors, si les vœux que j'exprime
En vers à tes charmes naissants
Méritent de toi, pour ma rime,
Quelques regards reconnaissants,

Nomme, parfois, dans la prière
Que fera ton cœur ingénu,
D'une voix douce et familière,
L'ami que tu n'as pas connu,

Et qui, peut-être, enfant, à l'âge
Où tu pourras lire ces vers,
Reposera dans son village
Sous de l'herbe aux brins drus et verts.

5.

DANS UN HALLIER

A. L. CHEYNIER.

———

C'était près d'un sentier, au bord d'un champ désert :
Une ronce abritait, sous son panache vert,
Souriant au soleil, une fraîche églantine.
L'aube avait nuancé sa feuille purpurine ;
Et la nuit, le zéphir qui près d'elle passait
Avait coquettement délacé son corset.
Son parfum frais et pur, ses gracieux pétales,
Parlaient d'espoirs riants et d'amours virginales ;
Et, dans le tendre élan d'un bercement discret,
Elle semblait au vent confier son secret :
— O toi qui dans les airs lutines avec grâce !
Mon regard attentif suit, à travers l'espace,
Ton vol vif et léger. Par ce ciel aussi pur,
Beau papillon moiré d'or, de gaze et d'azur,

Avant de retourner aux plaines éternelles,
Pour venir jusqu'à moi, n'ouvres-tu pas tes ailes ?
Je t'attends et je te garde, ô charmant bien-aimé !
Tout l'amour, vierge encor, de mon sein parfumé !

Mais jusqu'au soir en vain, hélas ! attendit-elle !
S'envolant dans les airs, au hasard de son aile,
Le papillon partit pour quelque autre séjour ;
Et la nuit la trouva seule avec son amour.
La vie a des rigueurs pour toute destinée :
Le lendemain matin, sur la fleur profanée,
Une bave argentée attestait sans façon
Les impudents baisers d'un impur limaçon !

SCÈNE PAIENNE

A MON AMI ÉMILE BONNET

———

> Nunc ab auspicio bono profect
> Mutuis animis amant amantur.
> (CATULLE.)

C'est un boudoir intime, aux discrètes tentures.
L'ameublement est bleu. Quelques fines peintures,
Dans leurs cadres brillants, attirent le regard.
Des livres, des papiers se croisent, au hasard,
Sur un piano long qui semble offrir ses touches
Près des bronzes foulant le jaspe des piédouches,
Des vases de faïence antiques et coquets,
De frais camélias présentent des bouquets.
Il est nuit. A travers son globe, une veilleuse
Répand une clarté douce et mystérieuse,
Et sur un divan souple, en négligé charmant,
Lasse d'attendre en vain un oublieux amant,
La déesse du lieu nonchalamment repose.

Elle s'est endormie, et néammoins sa pose
Dit qu'un penser coquet plane sur son sommeil
Comme sur une eau calme un rayon de soleil.
Ces traits purs, ce beau corps, qu'une lueur caresse,
Rappellent aux regards les formes que la Grèce
Voulut éterniser dans le marbre et l'airain.
Les cheveux dénoués sur ce front souverain,
Sous le peignoir flottant, la gorge délacée,
Ces bras nus, les parfums, tout trahit la pensée
Qu'elle voulait soumettre et charmer son vainqueur.
Et malgré le sommeil, sa lèvre au pli moqueur
Exprime son dépit d'avoir vu que ses charmes,
Faute d'un combattant, étaient de vaines armes.

Mais on entend un bruit de pas dans l'escalier :
Il approche! Bientôt, d'un geste familier,
Quelqu'un, furtivement, soulève la tenture.
C'est un fier cavalier d'élégante stature ;
La jeunesse, la force, une intime gaieté,
Lui font le regard vif et le front enchanté.
En entrant, d'un coup d'œil il cherche son amie,
Sur le divan moelleux il la voit endormie,
Et s'arrête pour mieux savourer le plaisir
D'admirer ses attraits que couve son désir.
Puis il s'approche d'elle ; il prend sa chevelure,
Et de ses longs anneaux encadrant la figure,
Il en mêle l'ébène aux tons roses des seins.

Il étend ses bras blancs sur les soyeux coussins.....
Enfin, un doux baiser sur la lèvre vermeille
Résonne longuement. La dormeuse s'éveille ;
Dans son œil noir s'allume un regard irrité.
— Vous voilà, bel époux ! dit-elle. — En vérité,
Votre arrivée ici me semble bien tardive !
Sans doute une autre femme aujourd'hui vous captive ;
Et tandis que j'écoute aux clochers d'alentour
Les heures s'envoler, sans vous voir de retour,
Vous, le regard joyeux, le sourire à la bouche,
Aux pieds de quelque idole au culte impur et louche,
Vous allez prodiguer votre encens et vos vœux ;
Et quand vous essuyez un refus dédaigneux,
Il vous vient, par hasard, alors à la pensée
Que votre amante attend pleurante et délaissée !.....
Mais enfin c'est assez abaisser ma fierté ;
Je reprends pour toujours ce soir ma liberté !

Et, dans le vif élan du courroux qui l'emporte,
Charmante de fureur, elle court vers la porte
Afin de s'enfermer dans la chambre à coucher.
Mais avant qu'à la clef sa main ait pu toucher,
Le jeune homme s'élance et lui barre la route ;
Il tombe à ses genoux, lui prend la main : — Écoute !
Mon âme ! lui dit-il, en embrassant ses doigts,
Par le bonheur d'aimer, qu'à tes beaux yeux je dois,
Par nos chers tête-à-tête aux plus douces promesses,

Par nos nuits d'insomnie aux célestes ivresses,
Je jure devant Dieu que toi seule as ma foi !
Que je t'aime ardemment, et n'appartiens qu'à toi !

A ce grave serment, la rebelle farouche
Se calme ; un doux sourire apparaît sur·sa bouche ;
Le jeune homme la prend, l'enlève dans ses bras :
A voir ce doux fardeau, qu'il emporte à grands pas,
On dirait un chevreuil dérobé par un fauve :
Mais ce fauve est l'amour, et son antre est l'alcôve !

A MADEMOISELLE O.

Toi, dont le gracieux visage
Un jour a charmé mon regard,
Ainsi qu'une vivante image
Des antiques modèles d'art, —

Si mon âme, comme une abeille,
Jusqu'à toi pouvait s'envoler,
Elle irait tout bas à l'oreille
Tendrement, ce soir, te parler.

Si j'étais l'oiseau que ta cage
Enferme en ses barreaux dorés,
Je voudrais, dans un doux langage,
Chanter tes charmes adorés.

Et si j'étais la pâquerette
Qu'à ta fenêtre l'on peut voir,
Quand tu prendrais ma collerette
Et l'effeuillerais, pour savoir,

Si quelque amour, flamme idéale
Constamment veille sur tes jours,
Du premier au dernier pétale,
Je dirais : « hier ! demain ! ! toujours ! ! ! »

Mais j'entends une voix cruelle :
— La beauté qui charme tes yeux
Est loin de toi ! qu'attends-tu d'elle,
Dans ton culte mystérieux ? —

Si, demain, tes vers ou ta prose,
Portés au souffle du hasard,
S'arrêtant sous ses doigts de rose,
Fixaient un moment son regard, —

Sans se douter que cet hommage
Auprès d'elle accourt empressé :
— A qui cet amoureux message,
Dirait-elle, est-il adressé ?

Eh ! que m'importe ! dans ma voie,
Je suis heureux d'aller rêvant !
Elle est belle, et je fais ma joie
De le dire en passant au vent !

SOUS UNE TONNELLE

A LA FAMILLE F. MUET.

Bien souvent, dans la solitude,
Pour me distraire de l'étude,
J'évoque les beaux soirs d'été,
Où le dimanche, à la Garenne,
Loin des tracas de la semaine,
Je trouve en paix la liberté.

Surtout, je rappelle l'image
De la tonnelle au vert feuillage.
Je revois, sous son dôme épais,
La table où gaiement étincelle
L'éclat joyeux de la vaisselle
Pour le dîner qu'on prend au frais.

Parmi les plats et les bouteilles,
Tantôt les cerises vermeilles,
Tantôt la pêche et le raisin,
Mélangent les tons de leurs groupes
Aux clairs rubis qu'au sein des coupes
Fait gaiement scintiller le vin.

Et j'entends vos voix sympathiques,
Vos calmes débats politiques;
Je vois ces loisirs où souvent
Mes amis nous jasons ensemble
Comme des oiseaux que rassemble,
Sous l'arbre, un heureux coup de vent!

Là, suivant les conseils d'Horace,
Nous demandons au sort la grâce
Des plaisirs purs, de l'amitié.
Sur nos fronts règne le sourire,
Et les pâles chercheurs d'empire,
De bruit et d'or nous font pitié.

Là, parfois, notre causerie
De l'histoire de la Patrie,
Rappelle les jours pleins d'émois;

Et nous fêtons la République
Qui, par un labeur pacifique,
Répare les fautes des rois.

Ainsi le Dimanche s'achève.
Mais déjà la lune se lève...
Le train va partir pour Paris ;
Je vous quitte, bientôt la rue,
Va m'étourdir par sa cohue,
Par ses voitures et ses cris.

CONTRASTE

C'était à la salle Hertz ; quand devant l'auditoire,
Ainsi qu'un conquérant que précède la gloire,
Elle vint triomphante, un murmure flatteur
Monta comme un encens ; la grâce et la fraîcheur
Ornaient son sein d'albâtre et son visage rose.
Coquette, elle essaya savamment mainte pose,
Afin que le public d'un seul regard pût voir
Et son épaule blanche et son brillant œil noir.
Enfin, d'une voix lente, attendrie, argentine,
Elle chanta les vers émus ou Lamartine
Demande un dernier port à son vallon natal,
Mais tandis que son chant, pur comme le cristal,
Disait avec l'accent chrétien de la souffrance :
« Mon cœur lassé de tout, même de l'espérance, »
Ses seins qui palpitaient dans leurs nids de velours,
Vantaient les doux attraits de païennes amours.

LUEUR DE FORGE

A B. MILLANVOYE.

———

Dans la forge, le fer, comme un charbon s'allume.
Le forgeron le prend, le place sur l'enclume,
Et de son bras nerveux frappe, à coups redoublés,
Le bloc qui lui riposte en éclats étoilés.
— Oh! vainement, dit-il, tu ferais l'indocile ;
Comme un plomb malléable ou quelque molle argile,
Je saurai te plier. — Et, de ses bras puissants,
Il redouble effréné les coups retentissants.
En vain, sous le marteau, le fer gémit et grince :
Il s'allonge d'abord, puis devient souple et mince,
Et l'habile ouvrier, dont la main l'a dompté,
Le façonne en tous sens, selon sa volonté.
O Forgeron vainqueur ! je t'admire et je t'aime
Dans ton labeur fécond, car je voudrais moi-même
En souverain, au gré de mes pensers divers,
Forger ainsi l'airain retentissant des vers.

ÉPREUVES

Parmi l'humain troupeau, celui sur qui le sort
N'a jamais sans pitié déchaîné la tempête,
Celui qui n'a pas vu, sans détourner la tête,
Tout à coup devant lui se présenter la mort,

Celui qui, sans appui, triste et seul dans sa route,
N'a pas un jour marché sans espoir et sans pain ;
Et porté, torturé par l'étreinte du doute,
Comme un manteau de plomb l'effroi du lendemain,

Celui qui ne sait pas comment sanglote et râle
Dans l'horrible agonie un être bien-aimé,
Qui n'a pas entendu la terre sépulcrale
Tomber sur le cercueil à jamais refermé,

6.

Celui-là peut couler des jours à faire envie
A ceux qui vont cherchant le plaisir d'ici-bas ;
Mais comprendre et juger les hommes et la vie
Quel qu'en soit son désir il ne le pourra pas.

———

TABLE

FIN DE LA TABLE

F. Aureau. — Imprimerie de Lagny.